AF319140

IDYLLES NOUVELLES.

A BRUXELLES,
M. DCC. LXI.

AVERTISSEMENT.

LE deſſein de l'Auteur de ces Idylles, en les faiſant, ne fut pas de les rendre publiques. Il avoit jetté ſur le papier les idées & les ſentimens que le ſpectacle des objets naturels avoit fait naître dans lui en différentes rencontres. Il les communiqua à quelques amis de goût, entre leſquels il y avoit des connoiſſeurs reſpectables à tous égards. Un de ces illuſtres Littérateurs, revêtu de la Pourpre Romaine, à qui l'on avoit envoyé une Copie manuſcrite de la première de ces Idylles, *la vie Champêtre*, ſurprit fort l'Auteur, en la lui renvoyant, imprimée en Italie, avec ces vers Italiens faits ſur cette Idylle, & adreſſés à ſon Eminence :

Quel Dafni, a cui col puro aer ſereno
  Ogni agreſte piacer da cure ſciolto,
E 'l dolce ſuſurrar di rivo ameno,

Dè vaghi augelli il canto, e' l lieto volto
    Della nova ftagion verde fiorita,
    Tofto in amaro il bel gioire an volto:
Se in quefta parte di paffar fua vita
    Scelto aveffe, ù alla Dea di biade
        altrice,
    Di concorde voler Pallade unita,
Tra l'erbe, e i fior ponendo la radice,
    L'altere mura   * à Euftachio facre
        ereffe,
    Onde obbliar le fue antiche a lei lice:
Non avria' l cor per doppie voglie im-
        preffe
    Divifo, tal ch'a fuoi piacer filveftri
    Mancar le pompe, il fafto fi doleffe
Delle città. E te fpeffo ne' campeftri
    Agi aver parte, alto Signor, fcor-
        gendo,
    Meglio per te que per fottil maeftri
A parte a parte egli verrìa fcoprendo,
    Come a un cor fia vero piacer folo,
    Non da fe lunge andare ognor fug-
        gendo;
Anzi degli alti propri fenfi a volo
    Seguir la fcorta, che più lontan fem-
        pre
    Lui ne difcoftan dal più baffo fuolo:
E or delle Mufe alle armoniche tempre,
    Ora in fe le bell'opre di natura,

* *Maifon de Campagne de Son Emin.*

Or quelle „ ove l'ingegno uman fi
ftempre ,
Prefenti avendo , far fua dolce cura.

Malgré cela , l'Auteur réfiftoit
toujours à fes amis , qui le prefloient
de mettre lui-même au jour cette
Piéce , avec les fuivantes , & qui lui
alléguoient les inconvéniens , fi fou-
vent étalés , d'être imprimé par au-
trui. Le principal motif de fa répu-
gnance étoit que ces Idylles expri-
ment un peu d'amour , quoique de
la maniére la plus honnête.

On lui fit enfin comprendre , ce
que le Lecteur le plus févére avoüra
fans difficulté , que c'étoit là un vain
fcrupule ; qu'il n'y avoit rien dans
toute la naïveté de ces Piéces , qui
bien loin de flétrir , n'honorât au
contraire fa premiére jeuneffe , &
ne fit autant l'éloge de fes mœurs,
que de la fenfibilité de fon cœur ;
qu'il n'y avoit rien , qu'un âge
mûr , & que l'état le plus grave
dûffent défavoüer ; que ce feroit
même un exemple , plus capable

A iij

que bien des déclamations , de
faire sentir qu'on peut plaire , &
réveiller la tendreſſe , ſans foüil-
ler le papier , & ſans allarmer la
pudeur la plus délicate.

IDYLLE I.

LA VIE
À CHAMPÊTRE.

Libre des vains Désirs & des Soucis rongeurs,
  Qu'après soi du grand monde entraîne le tu-
     multe,
    Je n'appréhende plus l'insulte
Des folâtres Amours, ni des Dépits vengeurs.
    Je joüis enfin de moi-même ;
    Et sans user de stratageme,
Je fuis, dès qu'il me plaît, un visage ennuyeux.
Nulle importune voix n'étourdit mes oreilles.
De cet abri champêtre admirant les merveilles,
Tantôt au pié d'un Orme, élevé jusqu'aux Cieux,
Tantôt à la fraîcheur d'un Roc officieux,
    Fait pour les douces réveries ;
J'entends le bruit flateur des Ruisseaux argentés,
    Qui du sommet précipités,

En cent Canaux divers parcourent les Prairies ,
Pour en voir tour à tour les nombreufes beautés.
Milles jeunes Oifeaux mêlent à ce murmure
    Les accords des tendres chanfons
      Que leur enfeigne la Nature ;
Ou de leur fymphonie interrompant les fons ,
Tempérent dans les bains les flammes renaiffantes
Qu'allument dans leurs cœurs leurs amours inno-
      centes.
   Solitaires vallons , fombre & facré féjour
     Contre l'orguëil & la licence !
Qu'on eft libre en ces lieux, où régne l'innocence !
     Qu'on y brave aifément l'Amour !
      Je puis fans péril & fans gêne ,
      Me faire un doux amufement
De graver des Amours l'image fur le frêne.
L'Arbre croîtra : prenez le même accroiffement ,
     Amours. Je puis impunément
Egayer mon efprit dans ces travaux fteriles.
Vos immobiles traits & vos lances fragiles ,
     Victorieufes feulement
De femmes fans courage , on d'enfans inutiles ,
Ne triompheront pas de mes fens indociles.

   C'eft ainfi qu'enchanté du ruftique féjour ,
     Daphnis vantoit le premier jour ,
     Les douceurs de la folitude.
     Mais qu'envain fous de nouveaux Cieux ,
On fe flatte d'atteindre à la béatitude !
     Vainement on change de lieux :
     Partout l'on fe porte foi-même ;

Et l'on traîne après foi , par un Arrêt fuprême ,
Les germes immortels de mille paffions.
    Epuifé de réflexions ,
Daphnis fent fépuifer le goût de la retraite ,
Dont les charmes pour lui devoient être éternels ;
Et déja dans fon ame , inconftante , diftraite ,
    Rompant fes fermens folemnels ,
Il abjureroit Pan , tous les Dieux des Campagnes,
Les grottes, les ruiffeaux, les forêts, les montagnes :
Et cédant au défir de revoir la Cité ,
    Si l'aveu de fon imprudence
    Ne fufpendoit fon inconftance ,
Il chercheroit bientôt ce qu'il avoit quitté.

    D'un phlegmatique auteur plaifirs imaginaires,
Vallons frais , doux ruiffeaux, ombrages folitaires,
Vous êtes plus charmans que la réalité.
Des plaines & des bois la naïve peinture
    Charme fur tout dans la lecture :
    De la Nature les portraits
    Raviffent par le choix des traits ,
    Et plaifent plus que la Nature.

    Jadis dans l'âge d'or, chez les premiers Humains,
    Nés fans paffions tyranniques ,
Tous les Dieux familiers , les Nymphes , les
    Sylvains ,
Donnoient mille agrémens aux aziles ruftiques :
Nature , jeune encor , pleine d'attraits pour eux,
    Suffifoit à les rendre heureux.
Mais troublés aujourd'hui par les fombres penfées,

Les Ennuis dévorans, le Défir fuborneur,
Qui pourfuivent par-tout les ames abufées
Par l'orgueilleux efpoir d'un ftoïque bonheur ;
    Quelque facheux que foient les hommes,
Ils nous le font bien moins que nous mêmes ne
        fommes ,
Quand l'inftinct eft en nous de la raifon vainqueur.
Pour éviter l'ennui, le commode Syftême
    Eft de fe fuir foi-même ,
Si l'on ne veut s'armer contre fon propre cœur.

IDYLLE II.

L'AURORE.

Où fuis-je ? quel pompeux fpectacle,
　　Toujours conftant, toujours divers,
Frappe mes yeux à peine ouverts ?
Chaque inftant reproduit miracle fur miracle :
Des Portes d'Orient les ceintres argentés
　　Brillent des plus vives clartés.
　　Déja de leurs chaudes haleines
　　Ranimant leurs tendres concerts,
Les Zéphirs, en planant dans le vague des airs,
　　En ont tiédi les moites plaines.

　　Partez, Mere augufte du jour,
　　Ouvrez avec vos doigts de rofe,
Ces Portiques brûlans du célefte féjour,
　　Qu'un torrent d'ambre pur arrofe.
　　Elle s'avance : à fon afpect,
　　Saifi d'amour, ou de refpect,
Phébus affés long-tems captivant fa lumiére,
　　La laiffe paffer la premiére.
　　Tout rend hommage à fes appas :
Les Lys & l'Amarante éclatent fous fes pas.

Avant la brillante merveille,

Dans les bras de Morphée , image de la mort ,
    Tout croupiſſoit : tout ſe réveille ,
    Et tout exprime ſon tranſport.
Mille tendres oiſeaux , inviſibles , tranquilles ,
Célebrent ſon retour , ſous leurs touffus aziles.
Un vent délicieux ſifflant dans les rameaux ,
Agite mollement les Ifs & les Ormeaux.
    Zéphir , des beaux yeux qu'il adore ,
Reçoit les pleurs feconds, & les reporte à Flore ;
Et la Déeſſe au loin , ſur ſes ſujets naiſſans ,
    En verſe les flots bienfaiſans.

    Tout revit, tout ſe meut : les plaines verdoyantes,
Les humides vallons , les côtes rayonnantes ,
Apparoiſſent de loin , couvertes de troupeaux ;
Et par-tout le travail a banni le repos.
Déja dans les Sillons qui nouriſſent la Ville ,
Le Bœuf traîne ſon ſoc, d'un pas lent & tranquille ;
Et le jeune Courſier déja dans les Vallons
Le diſpute en viteſſe aux légers Aquilons.

    Sur le côteau voiſin l'innocente Liſette
Réveille les Echos , au bruit de ſa chanſon ;
Et près d'elle , à la voix accordant ſa muſette ,
Thyrſis avec ſon chien qui dort ſur ſa houlette ,
Eſt mollement couché ſur le tendre gazon.
Il ſe leve : elle fuit ; mais ſa fuite , ou ſa feinte ,
    Comme ſans péril , eſt ſans crainte.
Elle ſouhaite au fond que le tendre Berger
    Courre du pas le plus léger.
Il l'atteint : un baiſer , contraint en apparence ,

Eſt le doux chatiment d'un peu de réſiſtance.
Tels ſont leurs plaiſirs innocens,
De rudeſſe & d'afféterie,
D'impudence & de pruderie,
De remors & de gêne exemts.
Une ridicule Décence,
Fille de la Corruption,
Tyran de l'inclination,
N'étend pas ſur eux ſa puiſſance.
Croiroient-ils, dans ces jeux qui charment leurs
loiſirs,
Qu'on leur dût imputer de coupables déſirs ?
Non, non : méconnoiſſant la maligne cenſure,
Leur aimable ingénuité,
Egalement touchante & pure,
En faiſant leur bonheur, fait leur ſécurité.

Le Ciel prend cependant des couleurs plus
vermeilles,
Les nuages ſont peints de plus vives merveilles :
Leurs bords en feſton cizelés,
Surpaſſent les brillans des plus riches crépines ;
Et par un doux feu diſtilés,
Epanchent ſur l'azur les perles argentines.

Doux objets, vous durerez peu.
Hélas ! tout ce qui plaît, eſt de courte durée !
Déja dans la plaine azurée
L'ardent Phébus met tout en feu ;
Et par mille traits de lumiére,
De l'humide Horizon pénétrant la barriére,

Il plonge dans les flots amers ;
A l'autre bout de l'Univers ,
Les Flambeaux de la nuit, dont les rayons funebres
Brilloient fans chaffer les ténébres.
Rien n'amortit ces brûlantes fplendeurs.
Les rayons échappés du fommet des montagnes ,
Sillonnent le fein des Campagnes.
Tout eft flétri par ces âpres ardeurs.
Ce qui nous enchantoit, va nous mettre à la gêne :
Enfans infortunés de Peres criminels ,
Il n'eft aucun plaifir , pour les triftes Mortels ,
Que d'un pas fûr & prompt ne pourfuive la
peine.

IDYLLE III.

LES ZÉPHIRS.

Volages Citoyens des airs,
Troupe inconſtante & fugitive,
Ah *!* Zéphirs indiſcrets, que mon ame craintive
Tremble d'entendre vos concerts !

Ainſi du fond obſcur d'une grotte fleurie,
Iris laiſſant errer ſes regards ingénus
Sur l'émail ondoyant de la verte Prairie,
Exprime les tranſports, juſque-là peu connus,
D'une inquiéte rêverie.

Fuyez, pourſuit-elle, Zéphirs ;
Contente de mon indolence,
Et faiſant mon bonheur de mon indifférence,
Je ne veux point apprendre à former des ſoupirs.
Pour Pomone aujourd'hui vous abandonnez Flore ;
A Pomone demain vous coûterez des pleurs :
Des Jardins d'Heſpérie aux climats de l'Aurore,
Vous voltigez de fleurs en fleurs ;
Et vous portez par-tout vos ſoupirs, vos careſſes,
Et non de ſincéres tendreſſes :
L'attachement ſincére, & les tendres ardeurs,
Jamais des inconſtans n'embraſérent les cœurs.

Volez donc, fuyez vîte, abandonnez ces plaines:
Je crains vos flateufes haleines ;
Et vos dons me font onéreux.
Ceffez de folâtrer fous ces rameaux heureux,
Et de mêler les fons de votre voix plaintive
Au murmure enchanteur de cette eau fugitive.
Ah ! volages Zéphirs, de qui vous plaignez-vous ?
Emus d'un plus jufte courroux,
Et que dans le filence il faut pourtant contraindre,
Que d'objets malheureux auroient droit de fe
plaindre !

C'eft ainfi que l'injufte Iris,
Epargnant de fes maux les auteurs véritables,
Ne payoit que par fes mépris,
Les faveurs des Zéphirs qu'elle en rendoit comp-
tables.
Toujours ceux-ci s'envoloient,
Sans écouter fes paroles,
Qui dans l'air en fons frivoles
Plus vîte encor s'exhaloient.
Mais s'ils euffent voulu répondre,
Qu'à bien plus jufte titre ils pouvoient la confon-
dre !

Ces cœurs fiers, ces grands cœurs qui par tant
de ferment,
Contraɛtent tous les jours de vains engagemens,
Et qui vantent tant leur parole,
Peuvent-ils accufer le Zéphire frivole ?
Ni moins légers que lui, ni moins capricieux,
Leur procédé perfide eft bien plus odieux.

Sous

Sous les signes menteurs d'une amitié sincére,
  Ennemi déclaré du faux,
  Jamais de son humeur légere,
Zéphire ne tenta de cacher les défauts.
Que d'une fleur à l'autre il porte ses tendresses ;
Qu'il folâtre en cent lieux , du matin jusqu'au
        soir :
  Les soins, les mortelles tristesses,
Les Soupçons, les Dépits, le cruel Désespoir,
N'empoisonnent jamais ses frivoles caresses.

IDYLLE IV.

TIMANTE.

Timante avoit quitté ſes premiers pâturages,
Qui ne lui traçoient plus que de triſtes images.
Il couloit ces beaux ans, où germent les déſirs.
Son cœur paroiſſoit tendre, & fait pour les plaiſirs.
Toute-fois les plus noirs ombrages,
Les antres écartés, les monts les plus affreux,
Etoient les retraites ſauvages
De ſes ennuis conſtàns, non moins que doulou-
reux.

Là croyant être ſeul, pour ſoulager ſa peine,
Il répétoit ſouvent le nom de Célimene :
Souvent il pouſſoit des ſanglots,
Que les ſombres Forêts, ainſi que les Echos,
A ces ſons touchàns attendriés,
Portoient dans tous les coins de ces vaſtes prai-
ries.
Sur l'antique Cyprez, ſur les jeunes ormeaux,
D'une main que guidoit l'amour & la triſteſſe,
Le long des chemins, des ruiſſeaux,
En tous lieux il gravoit le nom de ſa Maîtreſſe.
Quelque-fois du ſommet d'un Roc audacieux,

Qui du milieu des bois s'élevoit jusqu'aux cieux ;
    Jouet de sa douleur fatale,
Il tournoit ses regards vers sa terre natale :
Mais rapellant d'abord le cours de ses malheurs,
On lui voyoit baisser des yeux noyés de pleurs.
    Les vieux Pasteurs, & les Bergeres,
      Au cœur tendre & compatissant,
      Avec amitié s'efforçant
De lui faire adopter ces rives étrangeres,
    Où tout étoit calme & serein,
Demandoient la raison de son morne chagrin.
Si souvent conjuré de conter son histoire,
Un jour il confia ces faits à leur mémoire.

Je naquis, leur dit-il, dans un hameau fameux
Par l'esprit & les mœurs de ses Bergers heureux.
Bisarrement construit sur un côteau rapide,
L'air pur que l'on respire en ce lieu temperé,
    Ni trop ardent, ni trop humide,
Est l'air même du Mont, aux Muses consacré ;
    Où tel qu'au climat éthéré,
Dans tous ses habitans, libres des goûts funestes,
Verse la douce humeur des Citoyens célestes.
Sur la pente opposée aux froids de l'Aquilon,
Des sommets du côteau jusqu'au sein du vallon,
On voit un long amas d'édifices champêtres,
    Où regne la simplicité :
    Séjour convenable à des maîtres,
    Nés dans la médiocrité,
    Loin du faste & de l'indigence ;
Etat si préférable à la vaine opulence.

Les deux flancs du mont efcarpé ,
En amphithéatres coupé ,
Préfentent d'éternels ombrages,
Diftribués fans art en amufans étages.
A travers les tréfors de la blonde Cérès ,
Sur la cîme de la montagne ,
Une vafte & riche campagne
Conduit en de fombres forêts.

Mais hélas ! pourquoi peindre avec tant de
juftefle
Ces lieux perdus pour moi, fources de ma triftefle?
D'où vient que la nature , à mes fens attendris ,
Refufa la fierté ftoïque ,
L'orgueïl , ou le phlegme héroïque
De ces Sages , pleins de mépris
Pour toute la machine ronde ,
Malgré le nom pompeux de Citoyens du monde.

Quels vœux forme-je ? ô Ciel ! à cette dureté
Préférons pour toujours ma fenfibilité.
Lieux facrés de mon origine ,
O ma douce Patrie , ô Mont chéri des Cieux ;
Suivant l'impreffion divine ,
De tout ce qui refpire inftinct religieux ,
Au moins des montagnes lointaines ,
Dominant les plus vaftes plaines ,
Et portant vers l'Aurore un œil refpectueux ,
Souvent je faluerai ton front majeftueux.

Doux ruiffeaux , vallons frais , routes calmes
& fombres ,

Où j'ai puisé le goût d'un prétieux repos ;
	Bois, prés, délicieuses ombres,
	Où les tendres voix des Echos,
Sur le soir, du milieu des épaisses bruyeres,
En répétant les sons de mon doux chalumeau,
	Ont aussi redit les premiéres,
Le nom de mon amie, & de notre hameau ;
	Lieux embellis par la nature,
De ma Bergere, hélas ! que la simple parure
	Vous procuroit d'autres appas,
Quand les Destins jaloux ne nous séparoient pas!
	Quelle puissance sur-humaine
Joüe ainsi des Mortels l'aveugle & foible cœur ?
Une pente invincible, un ascendant vainqueur.
	M'asservissoit à Célimene,
	Avant l'âge de discerner
Ce qu'on doit refuser, & ce qu'on peut donner.

	Combien de fois unis, dans la premiére enfance,
	Sans intérêt, sans défiance,
Nos pas ont-ils foulé l'herbe de nos gazons,
	L'Email de ces gorges fleuries,
	Le tapis frais de nos Prairies,
Formé d'un vert naissant en toutes les saisons ;
Coupé par un ruisseau taciturne & tranquille,
	Dont le calme mystérieux
	Sembloit respecter cet azile
	Du plus petit, & du plus fort des Dieux !
	Combien de fois dans le jeune âge,
Avons-nous parcouru ce rapide bocage,
Sur des Monts escarpés ces Bosquets suspendus ;

Qui portoient jufqu'au fein de l'obfcure vallée,
De leur verdure entremêlée,
L'ombrage & la fraîcheur unis & confondus !
Nous coulions ainfi nos années,
Qui ne nous paroiffoient que de courtes journées;
Et nos tendres penchans, formés fans notre choix,
Croiffoient fans attendre de loix.
Nos Moutons paroiffoient connoître,
Et vouloient imiter les ardeurs de leur maître :
Toujours ils fe cherchoient; & dans les deux trou-
peaux,
Des Pafteurs fidéles tableaux,
On remarquoit la même flamme;
Ainfi qu'en nos deux corps refpiroit la même ame.

Nos jeux étoient communs, ainfi que nos tra-
vaux :
Quelquefois à nos chiens confiant nos chevreaux,
Et dans les taillis, loin des routes,
Cachés fous des rameaux diftribués en voutes,
Près d'un Hêtre couvert de faules glutineux,
Par les cris fimulés de l'Oifeau ténébreux,
Des Merles excitant l'impuiffante colére
Contre leur ennemi cruel,
Vainement effrayés d'un rifque imaginaire,
Nous les faifions tomber dans un piége réel.
Ainfi dans l'aimable jeuneffe,
Se diverfifioit la plus vive tendreffe.
Hélas ! nous ignorions alors,
Quel titre convenoit à ces premiers tranfports.
Étoient-ce de l'Amour les fympathiques flammes ?

Etoit-ce l'amitié, qui régnoit fur nos ames ?
C'étoit de l'amitié la plus pure candeur,
Et du terrible Amour la tyrannique ardeur.

Dieux épris d'une injufte haine,
Pourquoi dans un courroux, trop promt, & trop
puiffant,
Voulutes-vous rompre une chaîne,
Qui n'avoit rien que d'innocent ?
Toi, Diane, Juge févere,
Prononce : échappa-t'il à mon feu téméraire,
Un mot digne de ta fureur,
Et qui de ton cortege allarmât la pudeur ?
De l'objet dé mes vœux l'oreille refpectable
Etoit pour moi plus redoutable.

Quelquefois en l'ornant des fleurs de nos val-
lons ;
Votre teint, lui difois-je, aimable Célimene ;
Autant que les Zéphirs cédent aux Aquilons,
Autant que l'Arboifier cede au fuperbe Chêne,
Surpaffe autant l'éclat des fleurs de cette Plaine.
Quelquefois en prenant le frais,
Au bord d'un clair ruiffeau, l'ame de nos forêts,
Et l'innocent miroir des traits de mon Amante,
Soudain je m'écriois : Fontaine raviffante,
Source de ce cryftal, mobile & radieux,
Où tout ce qui me plaît, fe retrace à mes yeux !
Diftante également de l'auftére rudeffe,
Et de l'indécente molleffe,
Une grave & douce rougeur

Couvroit d'abord son front, siége de la pudeur.
Jamais à sa vertu je ne causai d'allarmes :
Jamais un feu honteux ne naquit de ses charmes.

Tel fut pour moi, Bergers, le comble du
bonheur.
N'approfondissez pas l'état de mon malheur :
Célimene n'est plus, ou n'est plus pour Timante;
Il ne lui reste, hélas ! de sa beauté charmante,
Que le souvenir plein d'horreur.
Envain je désertai les prés & les bocages,
De nos plaisirs trop courts théatre douloureux :
Obsédé, poursuivi de funestes images,
J'éprouve en tous les lieux le sort le plus affreux.
A Diane voüant un cœur froid & tranquille,
J'abjurai de l'amour les perfides douceurs.
Célimene, après nos malheurs,
Que mon chaste serment à garder est facile !
Bergéres, n'entreprenez pas
D'arracher de mon sein ses lugubres appas :
Il n'est rien, pardonnez à mon chagrin sincére,
Qui dans mes sens glacés rappellé la chaleur.

Prévenant, à ces mots, la réplique sévére
De la troupe qu'offense & qu'émeut sa douleur,
Il s'échappe, & du sort déplorant les outrages,
Rentre inopinément sous ses tristes ombrages.

IDYLLE V.

LA NUIT.

Nuit, qui tiens nos sens recuëillis ,
Et fixes nos regards aux célestes lambris ,
Quel spectacle charmant tes luminaires sombres
    Nous donnent en dépit des Ombres !
L'azur , de toute part , dans le vague des Cieux ,
    Est peint d'un émail prétieux.
Les Perles & l'Argent se disputent la gloire
    De rapeller à la mémoire ,
Que ce Dome pompeux, ces superbes Flambeaux,
Si légers dans leur cours, si certains dans leur route,
    Semés sur la céleste voute ,
Des traits du Créateur sont les foibles pinceaux.

    Quels nobles sentimens cet étalage inspire !
Mais quel repos heureux en tout ce qui respire !
    Qelle douce tranquilité
    Tu fais gouter à la nature !
    On n'entend que le doux murmure,
Qu'excite des ruisseaux le cours précipité ,
    Zéphire même , non sans peine ,

Charmé des chants du roſſignol ,
Par reſpect retient ſon haleine ;.
Les funebres Oiſeaux adouciſſent leur vol ;
Le Loup le plus ſauvage , en ſortant de ſon antre,
Dès que l'aſtre du Berger luit,
Et le matin quand il y rentre ,
Evite dé faire du bruit.
Tout eſt paiſible , tout m'invite
Au plaiſir noble de penſer ;
Et les traits du ſujet , ſur lequel je médite ,
Viennent dans mon cerveau d'eux-mêmes ſe
tracer.

Mais que ſert à mon ame , inquiete , indocile ,
Qu'autour de moi tout ſoit tranquille !
De la réflexion ô triſte faculté !
Prérogative dangereuſe ;
Honorable à l'Humanité ,
Mais encore plus onéreuſe.
Moins les objets extérieurs
Nous ſéparent d'avec nous-mêmes ;
Et plus nos ennuis ſont extrêmes ,
Plus conſtantes ſont nos douleurs.

Mais quelle puiſſance magique
Gliſſe dans tous mes ſens un charme léthargique ?
Un voile impénétrable enveloppe mes yeux.
Mere du doux ſommeil, Nuit, ce ſont là tes jeux :
De ton fils , au ſceptre anarchique ,
C'eſt là l'effort officieux.
Du perfide Deſtin par quelles loix cruelles ,

Ou par quel chimérique efpoir,
Souvent féduits, nos fens rébelles
Réfiftent-ils à ton pouvoir ?
Hélas ! en y cédant, jouet d'un trifte fonge,
Mon fôl efprit eft tourmenté
Par l'apparence & le menfonge,
Plufque par la réalité.
Quelquefois, je l'avoüe, une image agréable
Enchante mes fens affoupis.
Ah ! douce illufion, il ne manque à ton prix,
Que d'être fréquente & durable.

Rêve-je véritablement ?
Me trompe-je ? eft-ce vous, divine Célimene ?
Mais pourquoi m'obftiner à prolonger ma peine ?
Oüi, oüi, c'eft cet objet charmant :
Nul autre n'hérita d'une beauté pareille ;
C'eft un chef-d'œuvre unique, & l'Etre Créateur,
A notre monde corrupteur,
N'accorda point deux fois une telle merveille.
Par quel Dieu bienfaifant, par quels heureux
combats,
Souftraite à quel tyran fauvage,
Ou de quel infernal rivage,
Nous êtes-vous renduë, avec tous vos appas ?
Je l'approche : elle eft incertaine ;
Son front fe couvre de rougeur ;
Elle tremble & s'enfuit, craignant pour fa pudeur.
Me connoiffez-vous, Célimene ?
Jamais mes feux refpectueux
Dûrent-ils altérer votre front vertueux ?

Non, ce n'eſt pas l'objet qui régnoit ſur mon ame;
Il rendroit mieux juſtice à ma pudique flamme :
    C'en eſt le portrait ſuborneur :
Un ſonge inſulte encor à mon cruel malheur.
Adieu, plaiſir : l'Aurore échauffe ma paupiére ;
    Mon œil ſe r'ouvre à la lumiére,
    Et mon eſprit à la douleur.

IDYLLE VI.

LE RETOUR DES MOEURS.

DU sein de ma douce retraite,
Où la fuite du monde avoit porté mes pas,
Et méprisant ses faux appas,
Ma bouche, de mon cœur trop sincére interprete,
Déploroit la licence & les folles erreurs,
Qui bannissoient la paix, ou corrompoient les
    mœurs.

Je disois, allarmé des clameurs de l'Envie :
Hélas ! chez les Humains tout conspire à tromper :
    Instruite dans l'art de dupper,
L'Imposture au ton faux, l'infame Calomnie,
    Les Haines & la Trahison,
Tour à tour sur la terre épanchent leur poison ;
    Et combien encor plus perfides
    Sont les Sirenes homicides,
    Ou la dangereuse Pitié
    De ces Beautés enchanteresses ;
    Qui sous un faux air d'amitié,
    Et par leurs cruelles caresses,

Gliſſent dans tous les ſens un poiſon juſqu'au cœur,
Du plus fier courage vainqueur.

De mes fréquens ſoupirs ſecrets dépoſitaires,
Rochers hideux, Bois ſolitaires,
De la Férocité repaires ténébreux ;
Que du Loup raviſſeur, ou du Serpent livide,
Habitans de ces antres creux,
La dent enſanglantée, ou le venin perfide,
Me paroiſſent moins dangereux !

Mais que vois-je à l'inſtant ! que de graces
éclofes
Du ſein de la Divinité !
Cieux ! quel nouvel ordre de choſes
Frappe mon œil déconcerté !
Que de ſûrs pronoſtics des plus heureux prodiges !
Déja le Ciel a pris uu aſpect plus ſérein.
Du funeſte Siécle d'airain,
Il ne reſtera plus de coupables veſtiges :
Et d'inoüis, mais ſaints preſtiges,
Nous ramenant le Siécle d'or,
La Vérité ſans fard, la Candeur primitive,
La Vertu longtems fugitive,
Reparoîtront ſans crainte, & reprendront l'eſſor.

Paſſerau ſolitaire, aimable Philomele,
Tendre & plaintive Tourterelle,
Et vous tous, innocens oiſeaux,
Sous les ombrages frais que nourriſſent ces eaux,
Loüez enfin ſans moi l'Auteur de la Nature :

Une plus noble Créateure,
Portrait intelligent du Dieu de l'Univers,
Me convie à mêler mes airs
Aux sons les plus touchansqu'un saint amour épure.
Doux ruisseaux, torrens fugitifs,
Cascades, dont les flots plaintifs
Ont été si souvent augmentés par mes larmes ;
Vous, aziles sacrés dans mes justes allarmes,
Et témoins assidus de mes cuisans regrets,
Sombres & paisibles Forêts,
Reservez tous vos biens pour vos hôtes sauvages.
C'est dans ses vivantes images,
Que je veux désormais contempler la grandeur,
L'immuable beauté du suprême Moteur.
Oüi, je puis enfin sans allarmes,
Sur ces modestes fronts, ornés par la pudeur,
Et non par de lubriques charmes ;
Je puis, ainsi qu'aux premiers tems
De la justice originelle,
Dans ses portraits les plus touchans,
Contempler la beauté, non changeante, immor-
telle,
Née avant tous les tems, quoiqu'en tout tems
nouvelle.
L'amour pur, du sommet des Cieux
Pénétrant au sein de la terre,
Bannit la Discorde & la Guerre,
En étouffe par-tout les feux séditieux ;
Et rallumant au loin sa bienfaisante flamme,
Ne fait de tout un peuple, & qu'un cœur, &
qu'une ame.

F I N.

N. S'IL y a de l'obscurité dans cette Idylle, & dans quelques unes des précédentes, cela provient uniquement des conjonctures dans lesquelles elles ont été faites, ou ausquelles elles font allusion, & que l'Auteur ne pouvoit faire connoître, sans manquer à la résolution qu'il avoit formée, de ne pas se faire connoître lui-même.